守望先锋

第一卷

美国暴雪娱乐 著 杨旸 译

新星出版社　NEW STAR PRESS

守望先锋

第一卷

编剧

Robert Brooks　Matt Burns　Michael Chu
Micky Neilson　Andrew Robinson　James Waugh

绘画

Bengal　Jeffrey "Chamba" Cruz　Espen Grundetjern
Miki Montlló　Nesskain　Joe Ng　Gray Shuko

嵌字

Richard Starkings　Albert Deschesne
Comicraft's John Roshell，Jimmy Betancourt

封面

Miki Montlló

OVERWATCH® ANTHOLOGY © 2017, 2019 Blizzard Entertainment, Inc. All rights reserved. Overwatch and Blizzard Entertainment are trademarks and/or registered trademarks of Blizzard Entertainment, Inc., in the U.S. and/or other countries. Dark Horse Books® is a trademark of Dark Horse Comics, LLC, registered in various categories and countries. All rights reserved.

This volume collects issues #1 through #12 of the digital comics series *Overwatch*, originally published by Blizzard Entertainment.

Simplified Chinese translation by Beijing Hongyue Scientific and Technical Co., Ltd. 2019.

图书在版编目（CIP）数据

守望先锋. 第一卷 ／美国暴雪娱乐著 ；杨旸译 .-- 北京：新星出版社，2019.3

ISBN 978-7-5133-3519-5

Ⅰ . ①守⋯ Ⅱ . ①美⋯②杨⋯ Ⅲ . ①长篇小说 – 美国 – 现代 Ⅳ . ① I712.45

中国版本图书馆 CIP 数据核字 (2019) 第 028419 号

出版统筹：贾 骥 宋 凯
出版监制：张泰亚
特约编辑：曹 婷
美术编辑：张 慧
校　 对：张 洋 蔡 妍
　　　　　王 坚

守望先锋. 第一卷
美国暴雪娱乐 著　杨旸 译

出版统筹：贾 骥 宋 凯
责任编辑：汪 欣
责任印制：李珊珊

出版发行：新星出版社
出 版 人：马汝军
社　 址：北京市西城区车公庄大街丙3号楼　100044
网　 址：www.newstarpress.com
电　 话：010-88310888
传　 真：010-65270449
法律顾问：北京市岳成律师事务所

读者服务：010-88310811　　service@newstarpress.com
邮购地址：北京市西城区车公庄大街丙3号楼　100044

印　 刷：北京美图印务有限公司
开　 本：889mm×1194mm　1/16
印　 张：9
字　 数：28千字
版　 次：2019年3月第一版　2019年3月第一次印刷
书　 号：ISBN 978-7-5133-3519-5
定　 价：109.00元

版权专有，侵权必究；如有质量问题，请与印刷厂联系调换。

暴雪制作人员

编　　剧：Robert Brooks，Matt Burns，
　　　　　Michael Chu，Micky Neilson，
　　　　　Andrew Robinson，James Waugh
美术指导：Logan Lubera
编　　辑：Robert Simpson，Cate Gary，
　　　　　Allison Monahan
创意顾问：Chris Metzen，Jeff Kaplan，
　　　　　Michael Chu，Arnold Tsang，
　　　　　Bill Petras，Valerie Watrous
剧情顾问：Sean Copeland，Justin Parker，
　　　　　Evelyn Fredericksen
制 作 人：Timothy Loughran，Derek Duke，
　　　　　Adam Gershowitz，Joel Taubel，
　　　　　Caroline Hernández，Ryan Thompson
项目经理：Brianne M Loftis
高级全球版权经理：Byron Parnell
创意开发部总监：Ralph Sanchez
特别感谢：Doug Gregory，Charlotte Racioppo，
　　　　　Jeffrey Wong，Rachel De Jong，
　　　　　Michael Bybee

黑马制作人员

出 版 人：Mike Richardson
编　　辑：Dave Marshall
助理编辑：Rachel Roberts
美术设计：David Nestelle，Patrick Satterfield
数字艺术指导：Allyson Haller

麦克雷：列车劫案	7
莱因哈特：屠龙勇士	17
"狂鼠"与"路霸"：洗白	27
"秩序之光"：更好的世界	37
"法老之鹰"：任务报告	47
托比昂：毁灭者	57
安娜：传承	67
安娜：老兵	77
弗兰狂斯鼠	87
映象	95
二进制	107
国王行动	119
手稿集	131

麦克雷：列车劫案

编剧 Robert Brooks ｜ 绘画 Bengal ｜ 嵌字 Richard Starkings
Comicraft's John Roshell, Jimmy Betancourt

……除非你被坏人盯上了。

天啊。

这么快的速度还绳降？他们肯定是白痴。

或者是精英中的精英。

看来是后者。

这回我又脱不了干系了。

如果我出面，你猜他们会责怪谁？

这不是第一次了。

但这群人用的是"暗影守望"的战术。**我的**战术。

而且他们不太喜欢留活口。

所以——

我还是出手吧。

ZWOOOOSH
嗖嗖嗖

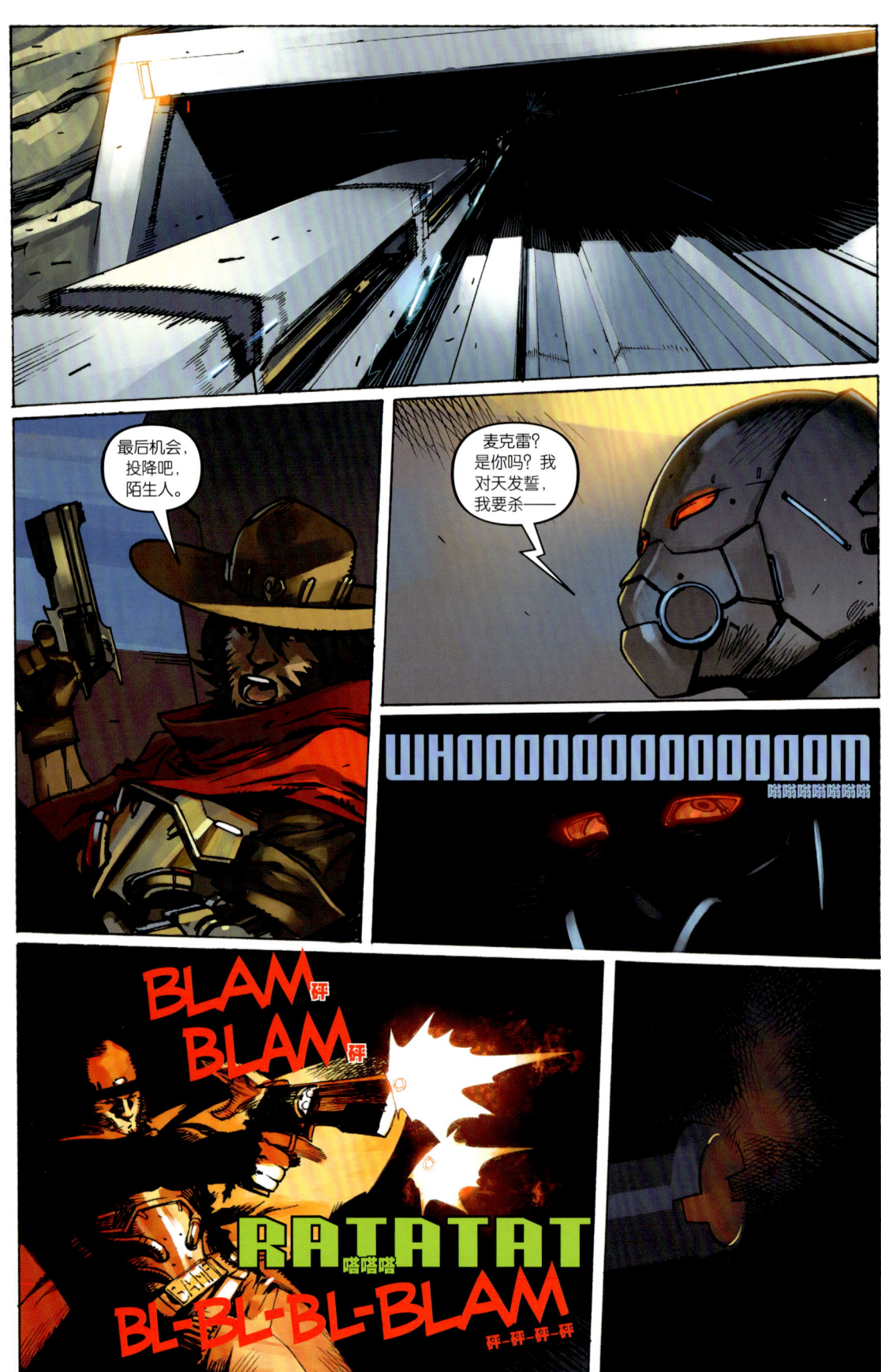

不好意思,售票员,能过来一下吗?

你为什么不去开门呢?
咱们瞧瞧他们在找什么。

那……那是什么?
我完全不知道。
但他们刚才说要派支援。

那么我愿意交给他们。

没错,这样应该能让他们别追着我们跑了。
我们还有多久到休斯顿?

莱因哈特：屠龙勇士

编剧 Matt Burns ｜ 绘画 Nesskain ｜ 嵌字 Richard Starkings
Comicraft's John Roshell, Jimmy Betancourt

"狂鼠"与"路霸"：洗白

编剧 Robert Brooks ｜ 绘画 Gray Shuko ｜ 嵌字 Richard Starkings
Comicraft's John Roshell, Jimmy Betancourt

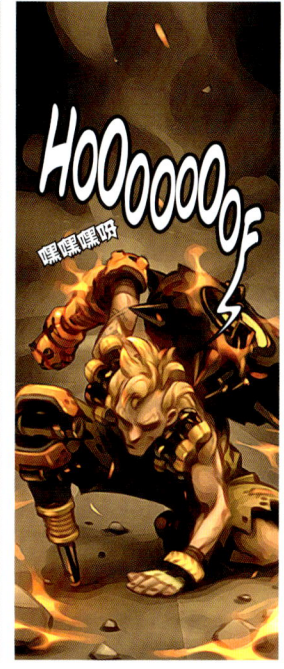

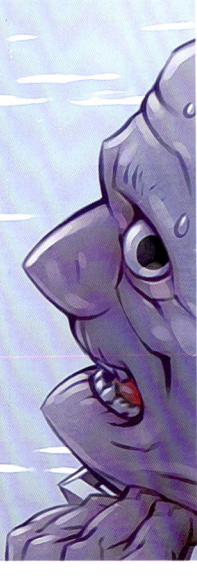

"秩序之光"：更好的世界

编剧 Andrew Robinson ｜ 绘画 Jeffrey "Chamba" Cruz
｜ 嵌字 Richard Starkings
Comicraft's John Roshell, Jimmy Betancourt

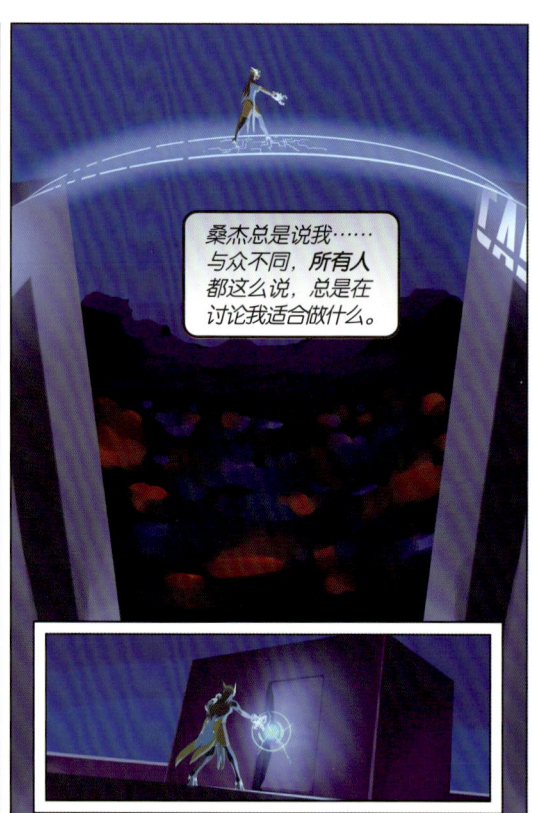
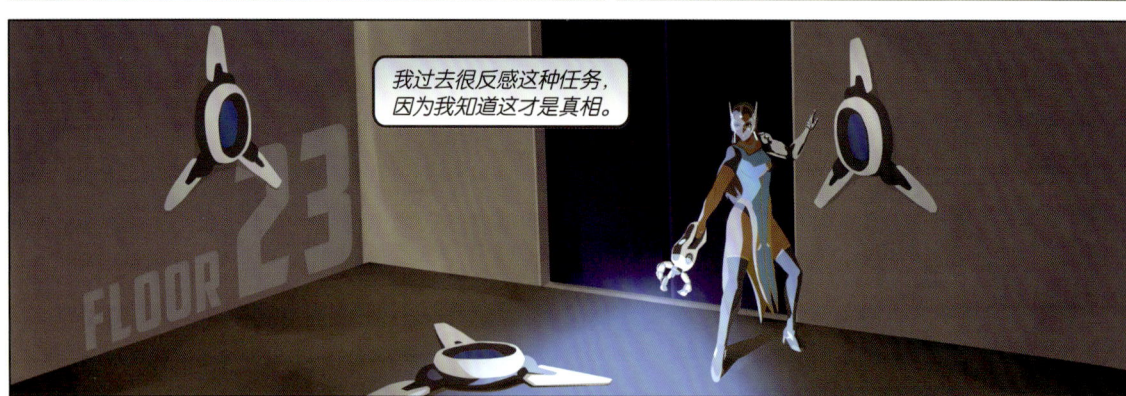

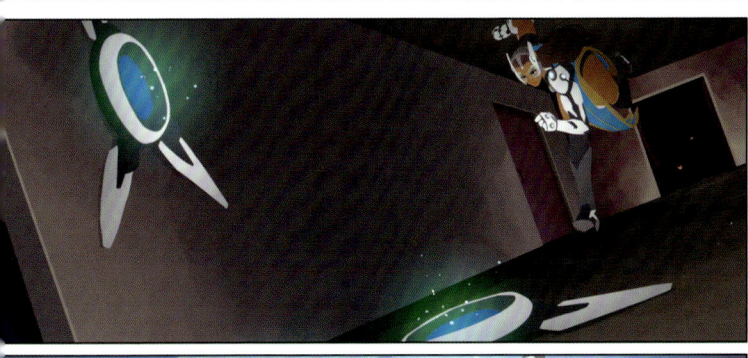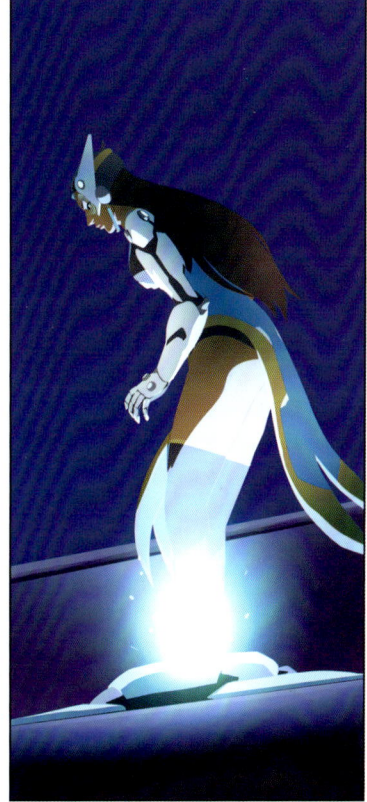

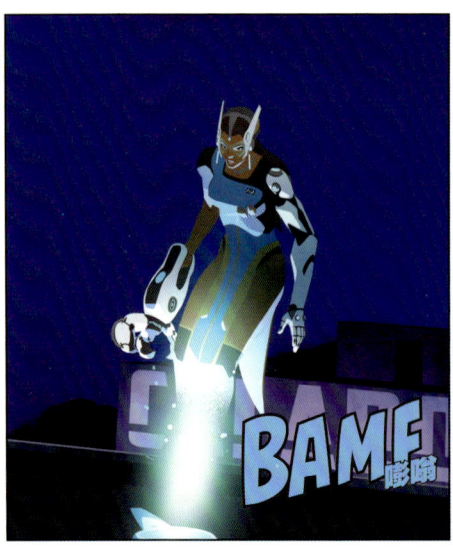

ROSA! MEU BEBÊ!*

*我的宝贝!

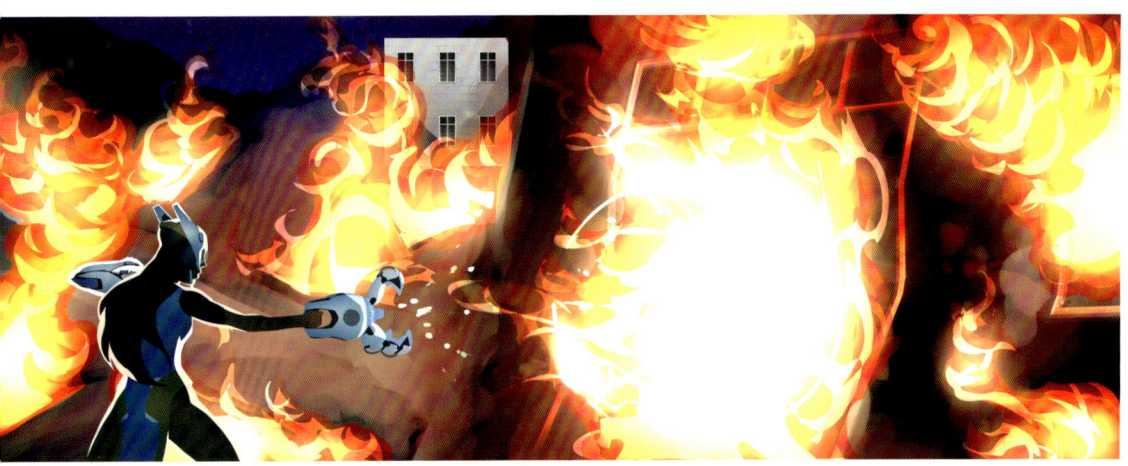

那里……

别怕,有我在。我不会让你出事的。

哦,不。她的脸……被毁了。

AAYYY! MEU DOCE ANJO…*

也许……也许我们可以修正,修正一切……

*我可爱的小天使……

"法老之鹰"：任务报告

编剧 Andrew Robinson | 绘画 Nesskain | 嵌字 Richard Starkings
Comicraft's John Roshell, Jimmy Betancourt

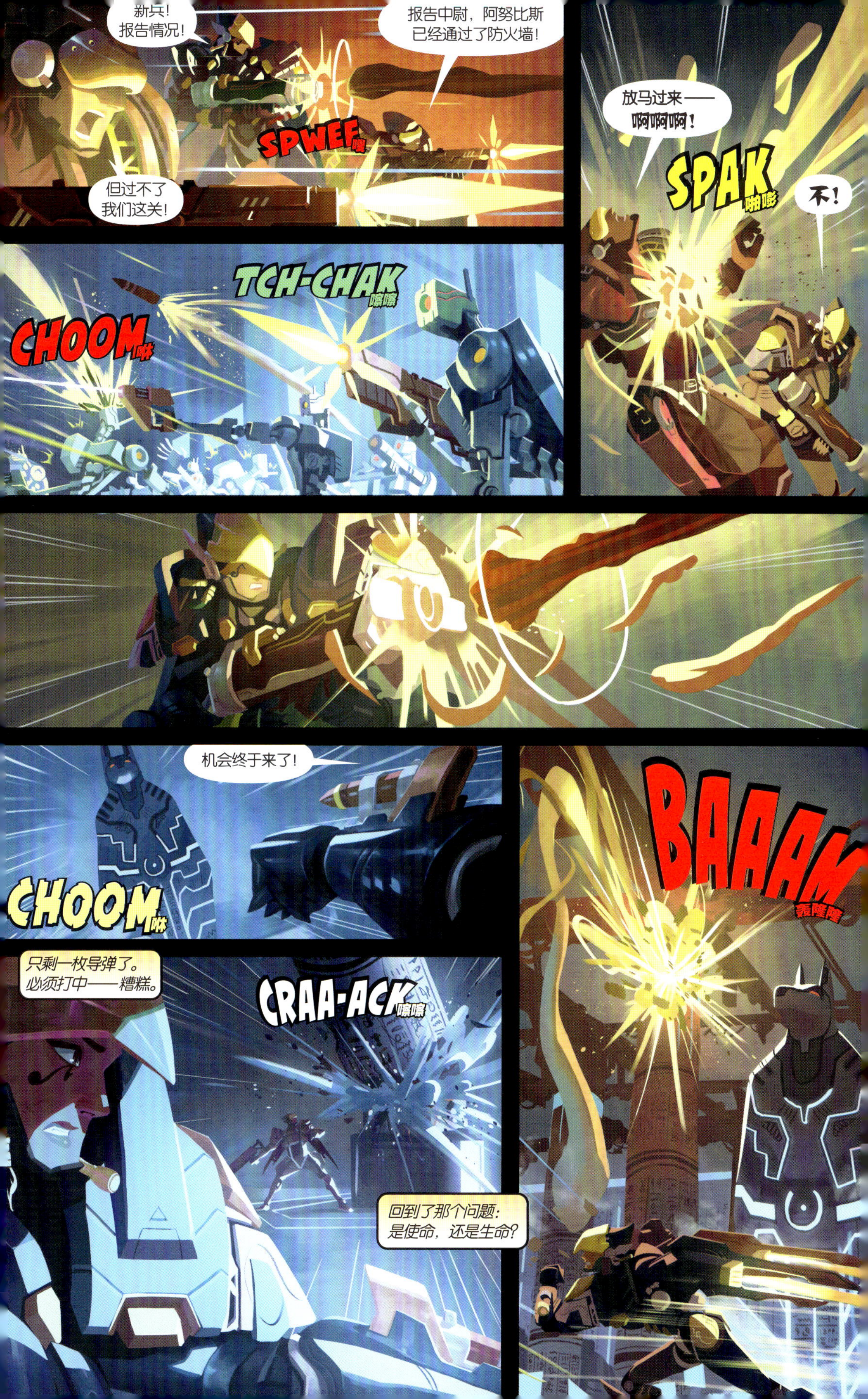

新兵!报告情况!

报告中尉,阿努比斯已经通过了防火墙!

但过不了我们这关!

SPWEF嗖

放马过来——啊啊啊!

SPAK 啪嗒

不!

CHOOM 咻

TCH-CHAK 嚓嚓

CHOOM 咻

机会终于来了!

BAAAM 轰隆隆

只剩一枚导弹了。必须打中——糟糕。

CRAA-ACK 嚓嚓

回到了那个问题:是使命,还是生命?

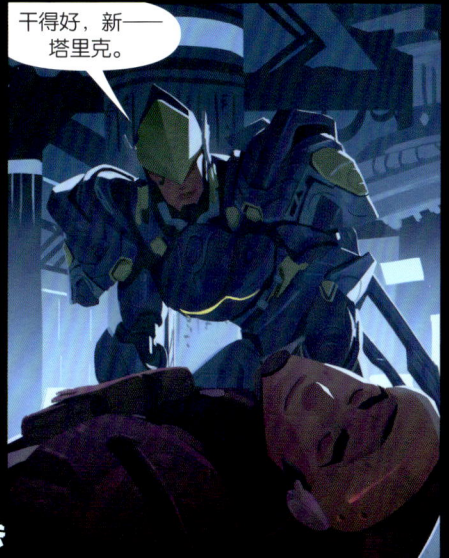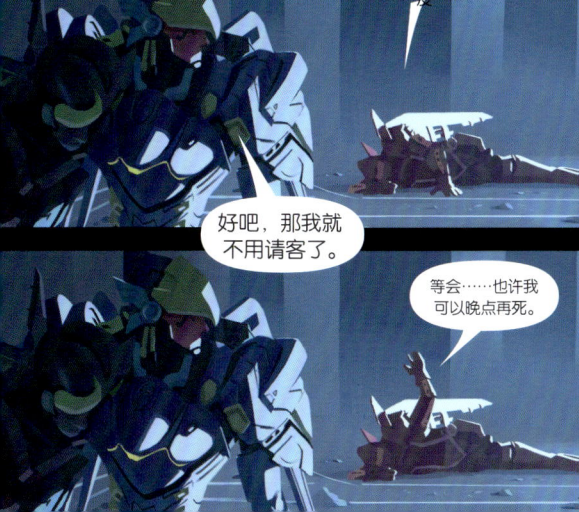

托比昂：毁灭者

编剧 Micky Neilson | 绘画 Gray Shuko | 嵌字 Richard Starkings
Comicraft's John Roshell, Jimmy Betancourt

这台会走动的摩天大楼是智械中的一个特殊型号，**泰坦级**智械。只不过这台经过了改造——暖暖的，真想抱抱它。

它擅长找到并消灭任何威胁……

啊！！！

比如那些想**阻止**这玩意儿的库尔吉斯坦士兵。

但幸运的是，我知道这玩意儿的**盲点**。

得先离它近点。这玩意儿似乎铁了心要摧毁伯克洛沃的市中心……这样一来它的行动路线就很好猜了。

我得赶在更多**无辜**的人被杀死之前阻止这玩意儿。

泰坦的外部热量感应器没有盲点……所以只希望我的**红外屏蔽服**能起作用。目前来说，一切顺利……

即使有人能走到这一步，他们在弄清楚怎么进去之前也会被轰成渣。

这台智械加装了很多东西，也在原型机的基础上改造了不少。直到现在，我才**确定**了这儿有一个维修通道。

你要问我是怎么知道这些舱盖或者盲点的？很简单啊……

……我就是这台怪物的设计师之一。

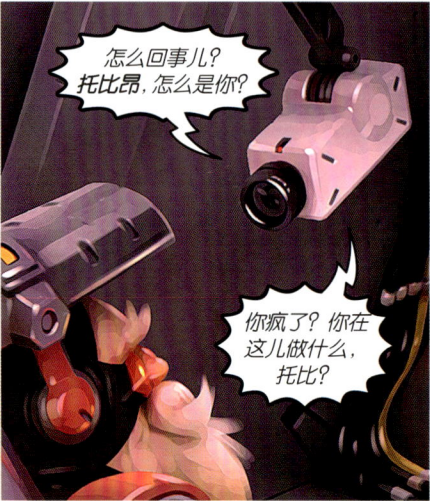

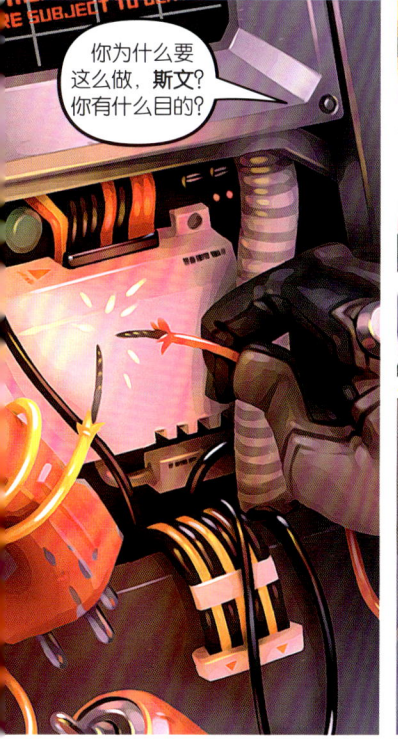

想想：不用来威慑，尖端军事科技有什么用？战争机器有什么用？

我们造一枚导弹……

别人就会造一个更大的。

其他人再造一个更大的……为什么？为了避免制造导弹的初衷成为现实：生灵涂炭。

塔塔塔塔 RAT-TA-TA

KA-THWOOOM 咔咚轰轰

在攻击一个有毁灭能力的敌人之前，哪个国家不会再三考虑？

在打开末日的大门之前，谁不会犹豫？

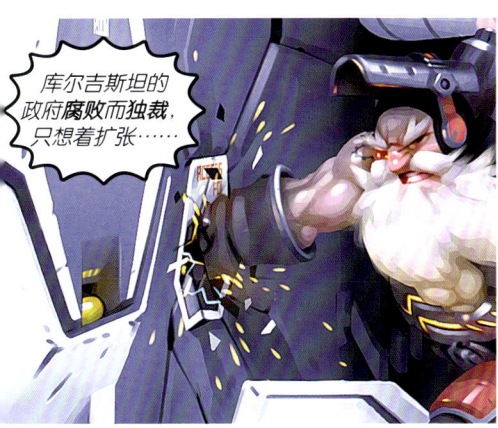

安娜：传承

编剧 Andrew Robinson | 绘画 Bengal
嵌字 Richard Starkings Albert Deschesne
Comicraft's John Roshell, Jimmy Betancourt

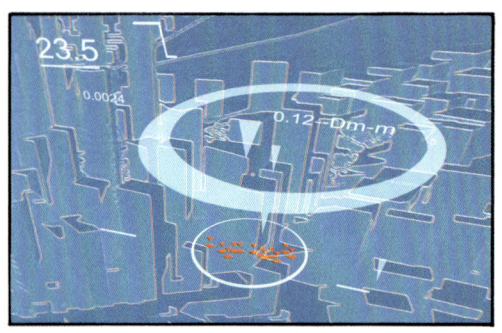

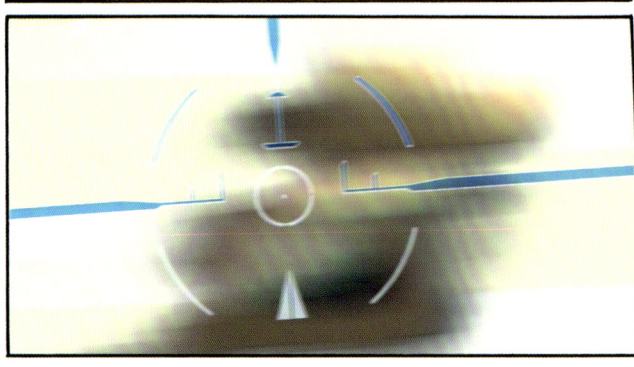

所有人都还好吗?

啊…
不!

安娜,你能对付那个狙击手吗?
我很确定有两个。
我听说黑爪新来了一个狙击手。快得像闪电——

可能就是他。

看到你了……
click

莫里森,粉色大楼——三楼,转角窗户。

看到撞击就走。

安娜：老兵

编剧 Michael Chu | 绘画 Bengal
嵌字 Richard Starkings Albert Deschesne
Comicraft's John Roshell, Jimmy Betancourt

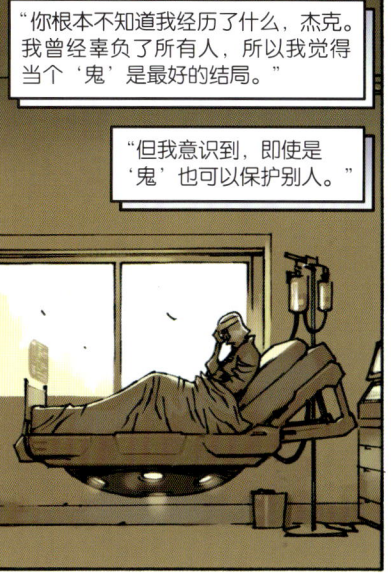

弗兰狂斯鼠

情节设计 Michael Chu | 编剧 Matt Burns | 绘画 Gray Shuko
嵌字 Richard Starkings Albert Deschesne
Comicraft's John Roshell, Jimmy Betancourt

"在黑森林最深处,有一个叫作**阿德勒斯布鲁恩**的小镇,这个小镇遭受了可怕的诅咒。"

"很久以前,这里住着一位**詹米森·弗兰狂斯鼠博士**。"

"他是当地领主手下的一位天才科学家,可以制造出超乎寻常的跟活人一模一样的机器人。"

"这位领主**非常**英俊威武、睿智公正,但他并不喜欢这个博士。"

"在他眼里,弗兰狂斯鼠的机器人只不过是奴隶而已。"

"这位天才科学家无法忍受这样的待遇。"

"他想要领主尊重他,他想要所有人尊重他……他想要创造出一个会思考的生物。"

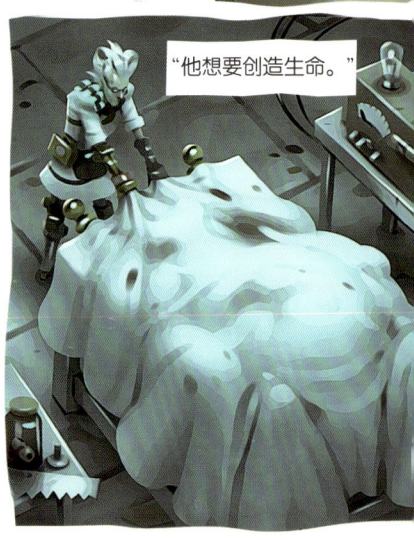

"他想要创造生命。"

"但不管他付出多少,无论他怎样尝试……"

"……都无法解开生命的奥秘。"

"就在他准备放弃的时候……"

"残破的肺呼出了第一口气。"

"腐烂的腿迈出了第一步。"

"而这怪物的第一个念头……"

"……就是永不为奴。"

"博士无法阻止它,也不想阻止它。"

"这些曾经嘲笑他的人们,如今跪地求饶,令他十分享受。"

"没人知道那怪物后来怎么样了,或者去了哪里。"

"这场屠杀持续了好几个小时,而怪物也最终失去了踪影。"

"这个故事我从未当真过,直到我自己去了那座小镇。即便过去了那么多年,我依然能感觉到那里的黑暗气息。"

映象

编剧 Michael Chu | 绘画 Miki Montllo
嵌字 Richard Starkings Albert Deschesne
Comicraft's John Roshell, Jimmy Betancourt

就这个了!"猎空"又完成任务了!

唉……

小姐,如果您不买东西的话我们要关门了……

二进制

编剧 Matt Burns, James Waugh | 绘画 Joe Ng | 上色 Espen Grundetjern
嵌字 Richard Starkings Albert Deschesne
Comicraft's John Roshell, Jimmy Betancourt

BRAAAWK!
哇哇哇!

放松。我不是来伤害你的。

BON BON WEE.

你要是想活下来,就听我的,明白了吗?

首先,我们不是朋友。你要是敢拿枪指着我,你就等着被我打成废铁。

第二,不要再和那些什么小动物玩了。

BOO WEEE.

你耳朵聋了吗?还玩松鼠!

完

国王行动

编剧 Michael Chu | 绘画 Gray Shuko
嵌字 Richard Starkings Albert Deschesne
Comicraft's John Roshell, Jimmy Betancourt

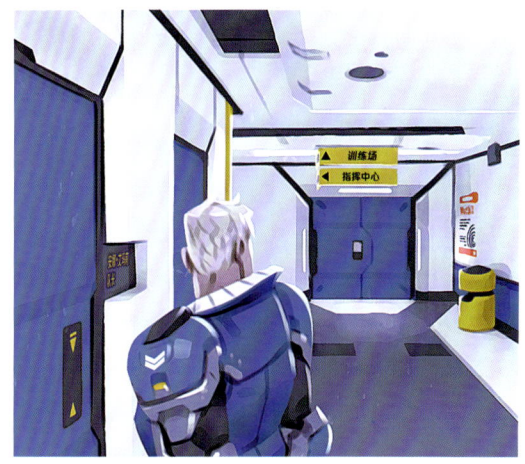

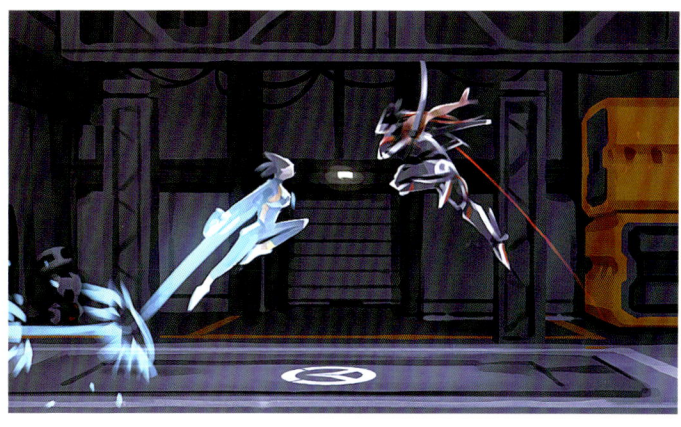

还不错。

伦敦有什么新消息吗，指挥官？

都是坏消息。首相明确表示禁止我们干预。

那说明他是个傻子。国王大道有几千人需要医疗救助，他知道吗？

归零者一旦控制更多的城区，又会发生什么？

埃及的事件将会重演，我们没有足够的资源再处理一次人道主义危机。

这是守望先锋的初衷。我们可以挽救生命，而不是像现在这样浪费时间、袖手旁观。

我没说不同意，博士，但我还没那么大权力。

我明白，齐格勒博士。

告诉奥克斯顿，等她训练完了我要和她谈谈。

这个理由还不够充分，杰克。很多人会死的。

日本政府提出控诉
暗影守望受到监管

守望先锋执行官方谋杀

佩特拉斯主管下令全面调查开罗事件

莉娜·奥克斯顿来了，长官。

让她进来。

您有事找我吗，长官？

你还挺快。

我不知道您有没有听说过，我一直都很快，长官。

听说过，我今天看你训练了。

很多人遇到你这样的情况都会放弃，但你坚持下来了。我对此印象很深。

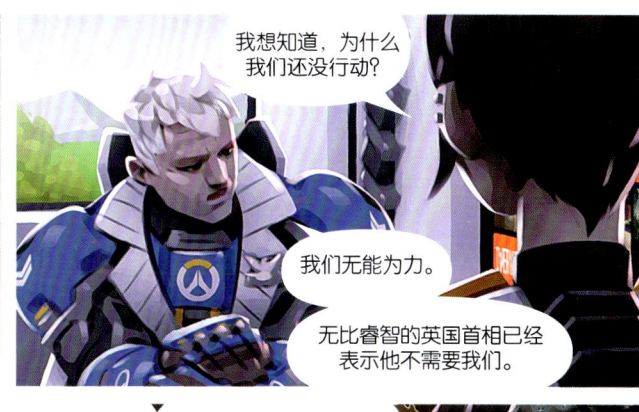

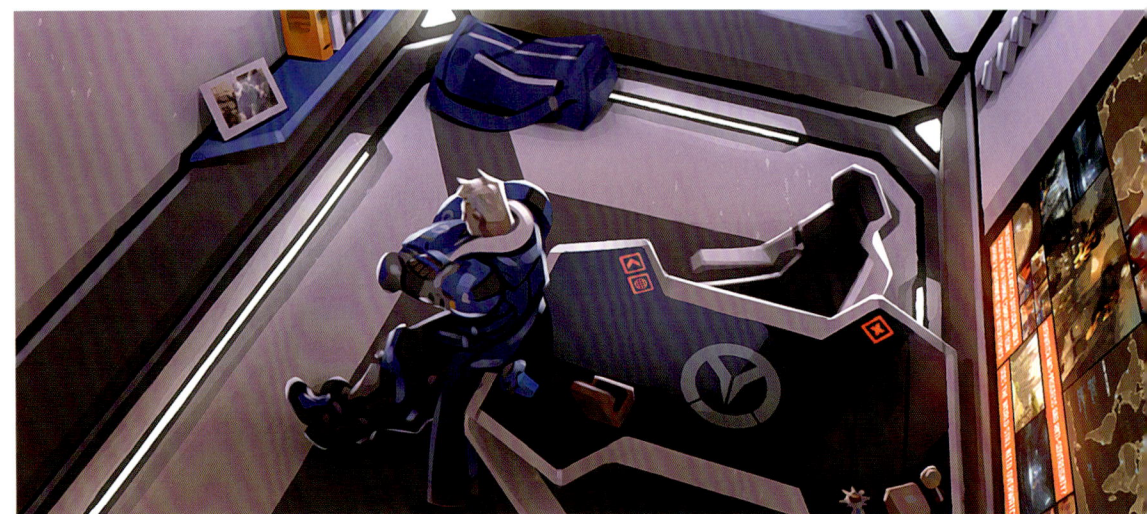

左上图
《麦克雷：列车劫案》封面的概念草图。

右上图
早期封面上色图，图中火车正在穿越山岭隧道，主创团队后

左下图
《麦克雷：列车劫案》第六页的草图，预留着文字对话框

右下图
上墨线后的第六页画面。

左上图
《麦克雷：列车劫案》封面的

右上图
封面的定稿图，添加了作者、

左下图
《麦克雷：列车劫案》第六页的

右下图
最终版，填充了人物的对话、

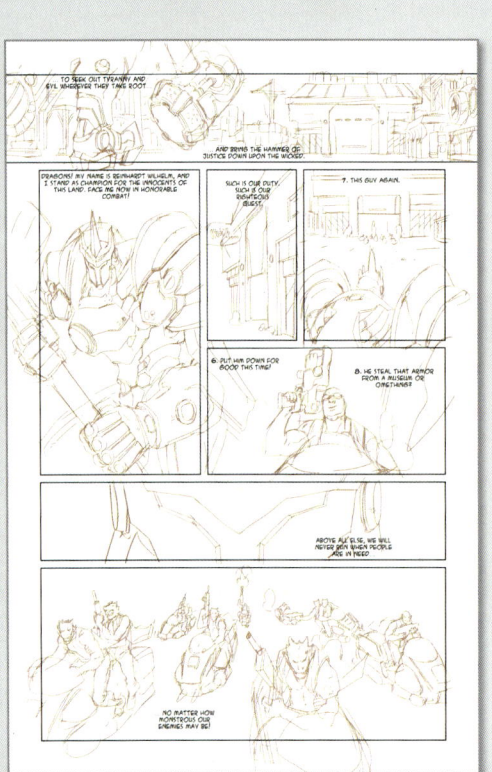

左上图
布丽吉塔的早期设计稿,她是《莱因哈特:屠龙勇士》中莱

右上图
《莱因哈特:屠龙勇士》封面的概念草图。

左下图
《莱因哈特:屠龙勇士》第五页的草图。

右下图
《莱因哈特:屠龙勇士》第五页的终版上色稿,在早期设计

cover thumbnails

上图

《"狂鼠"与"路霸":洗白》封面的几张概念草图。主创团队选择了三号方案。最终的封面和概念图相比,做

下图

《"狂鼠"与"路霸":洗白》第五页的草图。

左上图
《秩序之光：更好的世界》第五页的草图。

右上图
《"秩序之光"：更好的世界》的封面的另一幅概念图，"秩

左下图
《"法老之鹰"：任务报告》卡里尔的人设概念图，他

右下图
《"法老之鹰"：任务报告》的早期封面设计，主创团队在最终

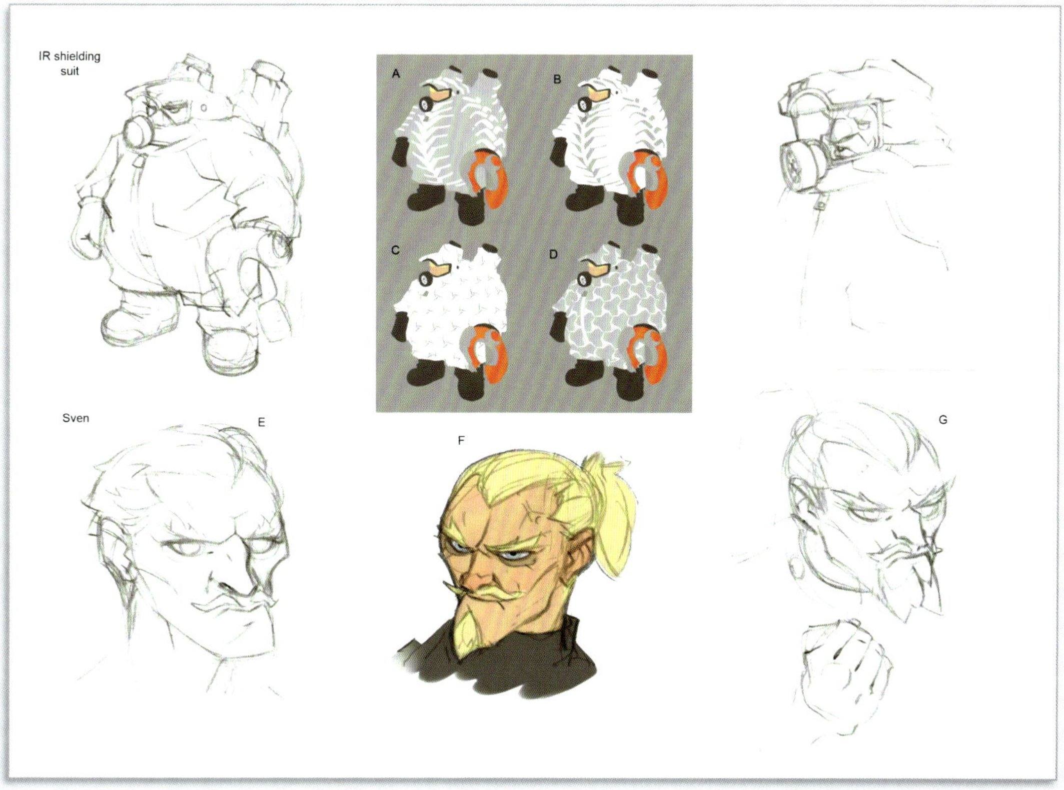

上图

本图上半部分绘的是托比昂的生化防护服,下半部分画的是斯文的样貌,他是《托比昂:毁灭者》中的反派人物。

下图

《托比昂:毁灭者》封面的概念稿,主创团队最后选择了中间那幅作为定稿版本。

左上图　　　右上图　　　左下图　　　右下图

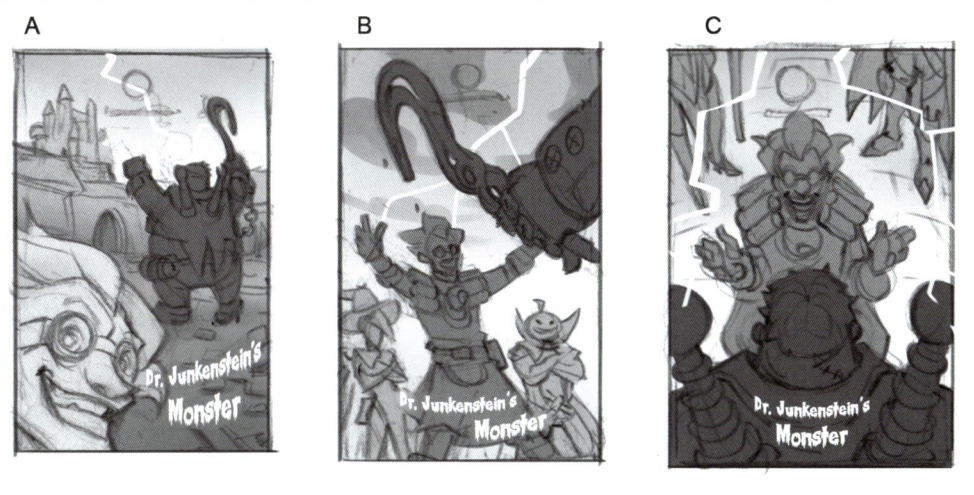

| A | B | C |

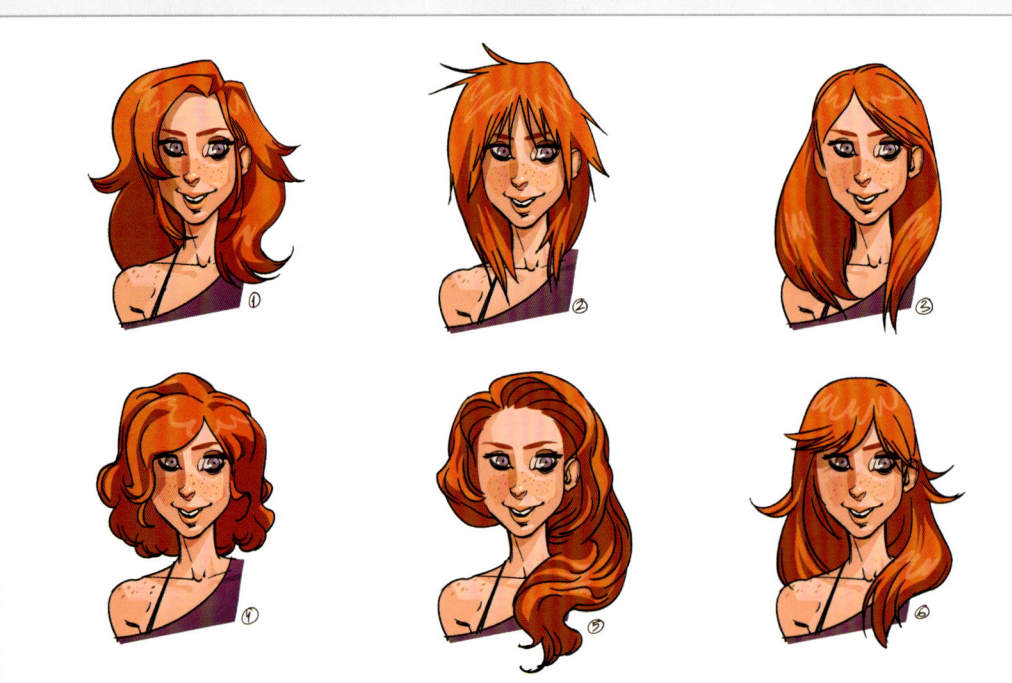

上图

《映象》第七页的草图,其中有一格已经完全渲染好了。

下图

艾米丽的概念图,在《映象》中她是"猎空"心爱的伴侣。

左上图
《二进制》封面的概念草图。

右上图
《二进制》封面的概念草图，主创团队最终还是选择了一张没有托比昂身影的封面图，旨在让托比昂的出现为剧情添加一分惊奇。

左下图
《国王行动》封面的概念草图。

右下图
《国王行动》第三页草图，文字对话框被事先添加进图中，以保证其不会遮挡人物的面部神情，或是其他重要的场景细节。

俄罗斯

意大利

葡萄牙

法国

日本

繁体中文

左上图

《安娜：老兵》第三页的定稿图。在英文版的剧本编写完成后，其他十二种不同语言的本地化工作便稳步展开。每一本《守望先锋》的图像小说都有这一步骤，需要翻译从人物对话到动作声效的所有文本。

周围的图稿

在对《安娜：老兵》第三页的内容做本地化处理的时候，语言的不同导致对话所占篇幅不一，因此文字对话框的大小需要调整与之相适，例如日文与繁体中文的区别（最下方一行图示）。

主创人员简介

BENGAL——Bengal为大众所知是因为创作了多部知名的欧洲版图像小说。他最新的作品是DC漫画公司旗下的《蝙蝠女郎》和《超级少女：冒险故事》，也是电视剧《超级少女》的漫画衍生品；此外，他也为漫威漫画公司绘制了《蜘蛛格温》和《全新金刚狼》漫画。他的风格自成一派，不但有日式漫画的动感，更融合了平面插画设计领域的数字绘画技巧。

ROBERT BROOKS——Robert Brooks是暴雪创意开发团队中的主要创作者，他参与了所有暴雪独创的知名游戏项目。他也是在《纽约时报》与《今日美国》畅销书单榜上有名的《魔兽世界：编年史》系列设定集的作者之一。

MATT BURNS——Matt Burns是暴雪创意开发团队中的主要创作者，在暴雪工作期间，他参与创作了《魔兽世界》《星际争霸》《暗黑破坏神》《守望先锋》的剧情、衍生小说。其最新的作品包括撰写《暗黑破坏神III：泰瑞尔之书》以及合著《纽约时报》与《今日美国》畅销书单榜上有名的《魔兽世界：编年史》系列设定集。

MICHAEL CHU——Michael Chu是暴雪娱乐守望先锋团队中的首席编剧，从2000年入职暴雪工作至今，他也参与过其他众多游戏制作，包括《魔兽世界》《暗黑破坏神III》和《星球大战：旧共和国武士2》。

JEFFREY "CHAMBA" CRUZ——Jeffrey "Chamba" Cruz是一位常驻墨尔本的漫画绘师，其参与的主要作品有UDON漫画公司出品的《街头霸王IITurbo》系列、《超级街头霸王》第一卷和第二卷、《猎头者》以及Image漫画公司旗下的《不羁灵途》。不仅如此，他曾工作于众多知名项目，如《忍者神龟》《红发索尼娅》《洛克人》系列；还曾就职于多家知名公司，如漫威公司、华纳兄弟、美泰公司、环球影业、DC漫画公司、IDW漫画公司、BOOM！工作室以及Dynamite漫画公司。除此之外，他的主要工作是绘制原创的图像小说《RandomVeus》（同为UDON公司出品），仍在连载更新中。

ESPEN GRUNDETJERN——Espen Grundetjern于2002年入行，在Dreamwave公司旗下的《变形金刚》系列漫画的制作中担任上色画师。从2005年起，他主要为UDON娱乐的《街头霸王》和《魔域幽灵》系列负责着色工作。同时，Espen还为多部电视游戏绘制了全彩插图，诸如《龙之子VS卡普空》《街头霸王IITurbo HD重制版》《街霸方块IITurbo HD重制版》，以及创作概念插画、宣传漫画和集换卡片。

MIKI MONTLLÓ——Miki Montlló是一名出生于巴塞罗那常驻于爱尔兰的插画师，有着十二年的动画和漫画的制作经验。曾就职于西班牙Filmax影视公司、爱尔兰卡通沙龙动画公司、莱卡娱乐公司。他目前正在创作由Dargaud and Magnetic Press出版的个人科幻漫画《海盗旗之舰》的最后几册。

MICKY NEILSON——Micky Neilson已在暴雪供职达二十二年，他为众多游戏担任了编剧，包括《魔兽世界》《星际争霸》《魔兽争霸III》和《失落的维京人2》。Micky的第一本漫画书《魔兽世界：灰烬使者》曾经夺得《纽约时报》精装绘本畅销榜第二名，另一部作品《魔兽世界：潘达利亚的明珠》则位居该畅销榜第三名。2014年，其亲自操刀的两部中篇小说《暗黑破坏神III：莫德》与万众期待的《上层精灵的血脉》正式面世。Micky得到了妻子Tiffany与女儿Tatiana的理解和支持，希望在家中最安静最昏暗的房间一角继续从事他的创作。

NESSKAIN——Nesskain生于1987年，是一名法国漫画绘师，现定居于巴黎郊外。即将高中毕业时他开始接触绘画，在二十岁的时候正式学习绘画，甚至不惜把所有时间都用在练习上。Nesskain一直渴望到艺术学院进修，在二十二岁取得工程学位之后，他毅然开始了漫画、插画和动画的科班学习，但只持续了六个月。依靠勤奋的自学，他开始在漫画领域崭露头角，来年便被Delcourt出版社看中，出版的作品有《Le Cercle》和《R.U.S.T》。

JOE NG——Joe Ng是一位来自加拿大多伦多的插画师，曾一度参与过《变形金刚》《特种部队》《街头霸王》漫画的创作。其最新的作品是连载十二期的《街头霸王：战无止境》系列，由UDON娱乐出版。

ANDREW ROBINSON——Andrew Robinson在近十六年中参与了三十部动画电视剧的制作并担任顾问，包括合著与监制的为期两季的《怪兽雄师：决斗大师的崛起》。在看到暴雪游戏中令人振奋的故事潜力之后，他于2014年底正式加入暴雪公司，欣然致力于动画短片的剧本编撰和游戏剧情创作——紧接着是编绘漫画——遍布暴雪的各个游戏品牌。

GRAY SHUKO——Gray Shuko既是漫画家也是插画师，常驻于法国，主要供职于电视游戏公司和暴雪。他现在是一名自由职业插画师，主要活跃在电脑游戏和手机游戏领域。其个人漫画作品《水果战队》可以登录gray-shuko.net浏览。Gray经常为《龙珠Z》与《合金装备》绘制同人画作，以训练提高自己的绘制水平，这同时也是他最喜欢的两部作品。

JAMES WAUGH——James Waugh曾是暴雪娱乐创意开发部门的高级总监，曾带领团队打造暴雪十七年来的首个新游戏《守望先锋》的宏伟世界观，同时监制相关的动画短片和漫画，以及参与媒体宣传。在与艾泽拉斯世界、庇护之地和科普卢星区同甘共苦八年后，在2016年10月离开了暴雪娱乐。如今Waugh在卢卡斯影业的开发部门担任副总裁，尽管如此，曾经一手开创的魔幻世界和在暴雪相遇相知的朋友们，仍然是他心中最柔软的怀念。

越过台前的幕后故事！
从未公布的设计原稿！

《守望先锋艺术设定集》